Este libro pertenece a

....

Me lo ha regalado

....

El día

....

Primera edición: mayo 2005
Segunda edición: febrero 2009

Proyecto y dirección editorial: María Castillo
Coordinación editorial: Teresa Tellechea
Diseño: Carmen Corrales
Maquetación: Leticia Esteban

© del texto: Rocío Antón y Lola Núñez, 2005
© de las ilustraciones: Javier Andrada, 2005
© Ediciones SM, 2005
   Impresores, 2 - Urbanización Prado del Espino
   28660 Boadilla del Monte (Madrid)

Centro de Atención al Cliente
Tel: 902 12 13 23
Fax: 91 428 65 97
e-mail: clientes.cesma@grupo-sm.com

ISBN: 978-84-348-2536-6
Depósito legal: M-5649-2009
Impreso en España / *Printed in Spain*
Capital Gráfico S.L.

¡Qué cerditos tan mañosos!

sm

ESTOS CERDOS SON FAMOSOS
EN EL BOSQUE DE LOS CUENTOS
PORQUE A UN LOBO VANIDOSO
LE DIERON UN ESCARMIENTO.
LOS DOS HERMANOS PEQUEÑOS
SE HAN QUEDADO SIN HOGAR.
NECESITAN UNA CASA
DE MUY BUENA CALIDAD
QUE AUNQUE LA SOPLEN CIEN LOBOS
NO LA PUEDAN DERRIBAR.
EL MAYOR DE LOS MARRANOS
LES HA VENIDO A AYUDAR.

ANSIOSOS POR TRABAJAR,

LOS DOS CERDITOS PEQUEÑOS,

NO DEJAN DE PREGUNTAR:

—¿COLOCAMOS YA LAS PUERTAS?

¿LEVANTAMOS LAS PAREDES

O DIBUJAMOS LOS PLANOS?

¿CONSTRUIMOS LA ESCALERA

O PONEMOS EL TEJADO?

EL MAYOR DE LOS HERMANOS
EXPLICA A LOS DOS MARRANOS:
—¡LO PRIMERO SON LOS PLANOS!
CON LAS LÍNEAS MUY DERECHAS
Y TAN LARGAS COMO FLECHAS.
TODO HA DE ESTAR BIEN PENSADO,
PORQUE NUNCA HAY QUE EMPEZAR
LA CASA POR EL TEJADO.

Y LOS DOS CERDOS PEQUEÑOS

TRABAJAN CON MUCHAS GANAS

Y SE PONEN A CANTAR:

—LOS PLANOS SON LO PRIMERO.

¡Y HAY QUE HACERLOS CON ESMERO!

LOS PLANOS HAN ACABADO
Y, ANSIOSOS POR TRABAJAR,
LOS DOS CERDITOS PEQUEÑOS,
LE VUELVEN A PREGUNTAR:
—¿COLOCAMOS YA LAS PUERTAS?
¿LEVANTAMOS LAS PAREDES?
¿CONSTRUIMOS LA ESCALERA
O PONEMOS EL TEJADO?

EL MAYOR DE LOS HERMANOS
EXPLICA A LOS DOS MARRANOS:
—AHORA SE HACEN LAS PAREDES,
CON LADRILLOS Y CEMENTO
MUY RESISTENTES AL VIENTO.
TODO HA DE ESTAR BIEN PENSADO,
PORQUE NUNCA HAY QUE EMPEZAR
LA CASA POR EL TEJADO.

Y LOS DOS CERDOS PEQUEÑOS
TRABAJAN CON MUCHAS GANAS
Y SE PONEN A CANTAR:
—LOS PLANOS SON LO PRIMERO
Y LAS PAREDES DESPUÉS.
¡QUÉ LISTOS SOMOS LOS TRES!

AL TERMINAR LAS PAREDES,
ANSIOSOS POR TRABAJAR,
LOS DOS CERDITOS PEQUEÑOS,
LE VUELVEN A PREGUNTAR:
—¿COLOCAMOS YA LAS PUERTAS?
¿CONSTRUIMOS LA ESCALERA
O PONEMOS EL TEJADO?

EL MAYOR DE LOS HERMANOS
EXPLICA A LOS DOS MARRANOS:
—AHORA SE PONEN LAS PUERTAS.
TENED CUIDADO AL CLAVAR
PARA QUE SE PUEDA ENTRAR.
TODO HA DE ESTAR BIEN PENSADO,
PORQUE NUNCA HAY QUE EMPEZAR
LA CASA POR EL TEJADO.

Y LOS DOS CERDOS PEQUEÑOS
TRABAJAN CON MUCHAS GANAS
Y SE PONEN A CANTAR:
—LOS PLANOS SON LO PRIMERO;
LAS PAREDES VAN DESPUÉS,
LAS PUERTAS SE PONEN LUEGO.
¡ES TAN FÁCIL COMO UN JUEGO!

YA HAN PUESTO TODAS LAS PUERTAS,
Y, ANSIOSOS POR TRABAJAR,
LOS DOS CERDITOS PEQUEÑOS,
LE VUELVEN A PREGUNTAR:
—¿CONSTRUIMOS LA ESCALERA
O PONEMOS EL TEJADO?

EL MAYOR DE LOS HERMANOS
EXPLICA A LOS DOS MARRANOS:
—AHORA SE HACE LA ESCALERA.
HACED ANCHOS LOS PELDAÑOS
Y ASÍ NADIE SE HARÁ DAÑO.
TODO HA DE ESTAR BIEN PENSADO,
PORQUE NUNCA HAY QUE EMPEZAR
LA CASA POR EL TEJADO.

Y LOS DOS CERDOS PEQUEÑOS

TRABAJAN CON MUCHAS GANAS

Y SE PONEN A CANTAR:

—LOS PLANOS SON LO PRIMERO;

LAS PAREDES VAN DESPUÉS,

LAS PUERTAS SE PONEN LUEGO

Y LA ESCALERA, MÁS TARDE.

¡NUESTRA CASA VA QUE ARDE!

23

YA HAN MONTADO LA ESCALERA,
Y, ANSIOSOS POR TRABAJAR,
LOS DOS CERDITOS PEQUEÑOS,
LE VUELVEN A PREGUNTAR:
—¿AHORA SÍ QUE VA EL TEJADO?

EL MAYOR DE LOS HERMANOS
EXPLICA A LOS DOS MARRANOS:
—SI EL TEJADO ESTÁ BIEN HECHO,
LA CASA NUNCA TENDRÁ
NI UNA GOTERA EN EL TECHO.
TODO HA DE ESTAR BIEN PENSADO,
PORQUE SIEMPRE SE TERMINA
LA CASA POR EL TEJADO.

Y LOS DOS CERDOS PEQUEÑOS
TRABAJAN CON MUCHAS GANAS
Y SE PONEN A CANTAR:
—LA CASA ESTÁ TERMINADA,
LOS PLANOS FUERON PRIMERO;
Y LAS PAREDES DESPUÉS;
LAS PUERTAS PUSIMOS LUEGO;
LA ESCALERA LO SIGUIENTE
Y EL TEJADO AL TERMINAR.
¡QUÉ HISTORIA TAN SORPRENDENTE
TE ACABAMOS DE CONTAR!

Leer y compartir

Con todos los títulos de la colección, es aconsejable proceder del siguiente modo:

- **Primera lectura.** Leer el cuento despacio, marcando la rima, así como las partes que se repiten, y animar a los niños a que acompañen la lectura diciendo de forma espontánea los versos que recuerden.

- **Segunda lectura.** Detenerse en cada página y conversar sobre el contenido de la rima y la ilustración. Pedir a los niños que digan qué elementos, tanto del texto como de la ilustración, les permiten predecir lo que sucederá.

- **"Empezar la casa por el tejado".** Explicar a los niños y niñas el significado de esta expresión y comentar que indica un modo desordenado de hacer las cosas. Expresar en orden secuencias sencillas de acciones. Por ejemplo: primero, llegamos a clase; después, damos los buenos días; luego, nos quitamos el abrigo; a continuación, nos ponemos el baby... Invertir el orden de los pasos para que los niños entiendan, por ejemplo, que no se puede dar los buenos días antes de entrar en clase o que sería muy incómodo ponerse el baby sin quitarse el abrigo. Del mismo modo, los cerditos trabajan en orden para hacer su casa y terminan poniendo el tejado.

- **Educar en valores.** En este cuento, existen dos objetivos: el primero es que los niños y niñas se den cuenta de que los dos cerditos pequeños en el cuento original construyeron mal sus casas y el lobo las derribó, pero que no se desanimaron y se esforzaron para intentarlo de nuevo; el segundo es destacar el entusiasmo que ponen los cerditos en el trabajo y la satisfacción que sienten al final por la labor que han realizado.

Jugar en familia

El cerdito primoroso

Plantear tareas que puedan ser realizadas "con primor". Por ejemplo: poner la mesa simplemente o "poner la mesa como lo haría un cerdito primoroso" que consistiría en colocar los cubier-

tos bien derechos, doblar las servilletas de forma especial, pon[er] unas flores para adornarla...; recoger la habitación o hacer[lo] como lo haría un cerdito primoroso que colocaría los juguet[es] muy ordenados, estiraría bien la colcha de la cama, no dejar[ía] nada tirado en el suelo...

Es importante llamar la atención de los niños sobre el hecho d[e] que las personas se sienten bien y contentas cuando hacen l[as] cosas como cerditos primorosos.

Si me ayudas...

Destacar que el cerdito mayor ayuda a sus hermanos a constru[ir] su nueva casa y ellos, muy contentos, siguen sus instruccione[s]. Un adulto puede contar alguna tarea que le costaba trabaj[o] hacer de pequeño y quién le ayudó a aprenderlo. Por ejemplo: "d[e] pequeño, no sabía atarme los cordones de los zapatos y mi tío m[e] enseñó a hacerlo de dos formas diferentes para que eligiera cuá[l] de ellas me resultaba más fácil"... Destacar que todos podemo[s] pedir ayuda y ofrecerla a otros para hacer las cosas mejor.

Jugar en el cole

Juegos del lenguaje

La casa de los cerditos

En un papel continuo colgado en la pared, dibujar una cas[a] grande sólo con los detalles imprescindibles. Contar a los niños [y] niñas que ahora ellos van a actuar como los cerditos primorosos, es decir, deben decorarla para que sea una casa preciosa[.] Explicar que deben incluir un elemento cada uno de ellos y esfor-zarse para hacerlo muy bien. Al final, comentar el resultado y pre-guntar a los niños y niñas qué es lo que más les gusta de la cas[a] y qué es lo que pueden intentar mejorar. Animarles a retoca[r] aquello que crean que puede hacer mejorar el trabajo.

Todo en su sitio

Un niño o niña voluntario cierra los ojos o sale un momento d[e] la clase. Mientras tanto, la profesora o un niño o niña coge u[n] objeto y lo pone en un lugar que no le corresponde. Entra el niñ[o] que había salido y debe identificar el objeto que no está en su siti[o].

volver a ponerlo como estaba. Cada vez que un objeto vuelve a
su sitio, se puede explicar la razón por la que se ha elegido ese
lugar para colocarlo (por ejemplo, porque los pinceles deben estar
junto con las pinturas de témpera o junto a las hueveras para
poder encontrar todo a la vez cuando vamos a usarlo).

El cuento desordecontado

Leer el cuento de los cerditos invirtiendo partes o incluyendo partes que no pertenezcan al texto original para que los niños y niñas identifiquen qué partes no están como en el original.

EDUCAR LAS EMOCIONES Y DESARROLLAR LA INTELIGENCIA

Toma de postura personal

- El esfuerzo por hacer las cosas cada vez mejor frente al desánimo y al abandono de las tareas sin completar.
- La capacidad de autocrítica para reconocer las propias potencialidades e identificar qué se puede mejorar en cada tarea frente al.
- Interés por aprender cosas nuevas pidiendo ayuda y ofreciéndola a otros.
- El sentimiento de satisfacción ante la consecución de logros en las actividades cotidianas.
- La mentalidad abierta para aprender y descubrir cosas nueva.
- La actitud animosa para volver a intentar tareas que no se han completado con éxito.
- Conciencia del propio esfuerzo y del trabajo bien hecho.

- Satisfacción por los propios logros.
- Tolerancia y paciencia con las propias limitaciones y con las limitaciones de los otros.
- Valoración de los grupos sociales en los que se desarrolla la vida del niño como espacio de aprendizaje, de ayuda y de satisfacción personal..

La educación en valores en otros títulos de la colección

1.Patito busca a su mamá	• La creación de la propia imagen y la búsqueda de referencias afectivas y sociales.
2.Todo esto es solo mío	• La importancia de la generosidad y de compartir con los demás lo que uno tiene.
3.Una rica merienda	• Los hábitos de salud y de alimentación sana.
4.Ayudemos a Blancanieves	• Las actitudes de colaboración en diferentes ámbitos sociales.
5.El hada Aguayjabón	• La higiene personal y la satisfacción por una imagen personal agradable..
6.¡Qué desastre de flautista!	• La importancia de respetar las normas de tráfico para mantener la propia seguridad cuando se va por la calle.
7.El soldadito Salomón	• La solución positiva de conflictos y la capacidad de ponerse en el lugar del otro.
8.La Bella y el rey Facundo	• La aceptación de las diferencias personales y la valoración de los demás evitando prejuicios.

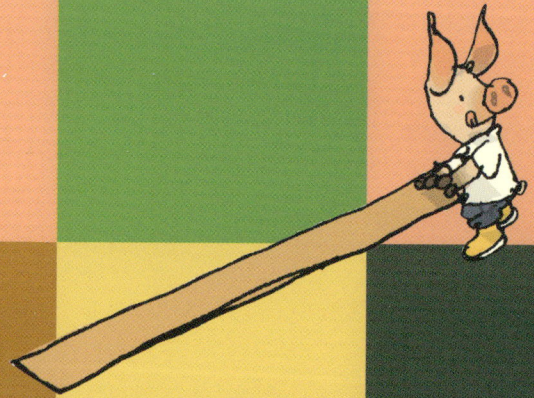